사랑의 솔기는 여기

愛の縫い目はここ

AI NO NUIME HA KOKO

(Find Here the Seams of Love)

Copyright ⓒ 2017 Tahi Saihate

All rights reserved.

Originally published in Japan by Little More Co.,Ltd. Japan

▪ 이 도서의 국립중앙도서관 출판예정도서목록(CIP)은
서지정보유통지원시스템 홈페이지(http://seoji.nl.go.kr)와
국가자료공동목록시스템(http://www.nl.go.kr/kolisnet)에서 이용하실 수 있습니다.
(CIP제어번호: CIP2020028363)

사랑의 솔기는 여기

사이하테 타히

정수윤 옮김

마음산책

옮긴이 **정수윤**

경희대를 졸업하고 와세다대 문학연구과에서 석사학위를 받았다. 동화『모기
소녀』를 썼으며, 다자이 오사무 전집(공역), 미야자와 겐지『봄과 아수라』, 오
에 겐자부로『읽는 인간』, 이노우에 히사시『아버지와 살면』, 이바라기 노리코
『처음 가는 마을』, 일본 산문선『슬픈 인간』등을 우리말로 옮겼다.

사랑의 솔기는 여기

1판 1쇄 인쇄 2020년 7월 25일
1판 1쇄 발행 2020년 7월 30일

지은이 | 사이하테 타히
옮긴이 | 정수윤
펴낸이 | 정은숙
펴낸곳 | 마음산책

편집 | 권한라 · 성혜현 · 김수경 · 이복규   디자인 | 최정윤 · 오세라
마케팅 | 권혁준 · 김종민   경영지원 | 박지혜

등록 | 2000년 7월 28일(제13-653호)
주소 | (우 04043) 서울시 마포구 잔다리로 3안길 20
전화 | 대표 362-1452 편집 362-1451   팩스 | 362-1455
홈페이지 | http://www.maumsan.com
블로그 | maumsanchaek.blog.me
트위터 | http://twitter.com/maumsanchaek
페이스북 | http://www.facebook.com/maumsan
전자우편 | maum@maumsan.com

ISBN 978-89-6090-633-4 04830
ISBN 978-89-6090-634-1 04830 (세트)

★ 책값은 뒤표지에 있습니다.

아침이 끝나고, 밤이 시작되는,

이 일련의 사건에

너의 이름을 장식하고 싶다.

• 차례

일상 어딘가에 좋아하는 순간이 있다면,

그것이 너의 진정한 유언이다.

▪ 일러두기

1. 외국 인명과 지명 등은 국립국어원 외래어 표기법을 따랐으나 저자 이름은 고유성을 존중하여 원음에 가깝게 표기했다.
2. 원서에서 산문시는 세로쓰기, 운문시는 가로쓰기로 구분되어 있으나 한국어 판에서는 가로쓰기로 통일했다. 다만 시 제목을 산문시는 위에, 운문시는 아래에 넣어 구분했다.
3. 각주는 옮긴이 주이다.

스쿨 존

　주운 유리 조각이 보석처럼 보여서, 남몰래
집으로 가져오던 무렵, 나, 추상적인 낱말 따위에
몸을 맡길 필요는 없었다. 누가 장래 희망을 물어볼
때마다, 어째서 내일도 살아 있을 거라고 생각하는지
궁금했다. 8세의 나는, 내일이면 78세의 누군가와
몸이 바뀔지도 모른다. 저항할 수 없을 만큼 졸음이
몰려오는 한, 나의 몸은 내 것이 되지 못합니다.

　노을이 진 뒤 먹은 음식은, 몸속에 놓은 횃불처럼
빛나며, 이튿날 아침 제대로 돌아오도록, 돌아올 수
없다면 다른 누가 대신 살도록, 밤의 표식이 되어
있었다. 길모퉁이에서, 이제 영원히 못 만날 거라며
너와, 악수를 나눈다. 외로운 사람은 자신의 먼
미래를 지나치게 믿습니다. 나는 너를 잊어가는데,
너는, 언제까지 너로 있을 생각이니.

살짝이라도 몸이 닿으면,

"사랑해"라는 말이 흘러나올 것만 같은 사람이
있다.

그런 사람이 정말 무서워.

나는 바람이 아니고, 너는, 커튼이 아니다.

여름이 끝난 뒤, 오는 것은 가을이 아니다.

상냥한 사람이,

실수로 타인에게 상처 주는 모습을 보면 안심이
된다.

갈기가 근질거려서,

달리기를 멈출 수 없는 말처럼,

나도 그저 아름답게, 내달리고 싶었다.

핀홀카메라의 시

사랑이라 부를 수 없는 관계가, 강과 함께 흐르고
있다.

우리들의 기척을 지워버릴 듯한 기세로 비가 내려,

마치 네가 멀리 있는 것처럼 느껴진다.

요 몇 년 새, 가장 마음 편한 시간.

내 생명의 작은 조각은, 미래에 닿지 않고,

그저 과거로 거슬러 갔으리라.

내가 태어나기 전, 그 건물이 생기기 전, 전투의
기운, 개척의 기운,

달리는 승냥이와, 새카맣게 무성한 숲.

나의 눈동자는 내가 모르는 것을, 모두 다 보면서,

여기 있었다.

빗소리가 무슨 말을 하는지 알 수 없는 건,

우리가 아둔해서가 아니라, 두 사람이기 때문에.

여기서부터는, 인류의 시대입니다.

비닐우산의 시

겨울은
해가 빨리 진다

어두운 곳에서 보는, 밝은 장소가 좋다.

카페는 흘러가는 차들을 무시하며,

큰 창으로 오렌지색 빛을 쏟아내고 있었다.

몸속에 그런 부품이 있다면,

좀 더 몸을 보호하며 살 수 있겠다,

싶은 생각에 어두운 길만 골라,

달리며, 멀어져도 다가가도 오지 않는 달을

올려다본다.

세상 모든 것이 변하려 한다,

배가 너무 고프면 몸속에 공기가 돌아,

평소보다 훨씬 밀접하게 날씨에 링크된다.

지금은 밤이고, 유성군이 획획 흘러, 봄다운 감각,

세상 모든 것이 바뀔 듯한 그런 감각으로

가득하다.

지금, 뭘 먹는다면 아주 맛있을 거야.

바다

멀리 보이는 배들이 모조리 얼음으로 만들어져서,
천천히 녹으며 가라앉을 거라고 상상해보자.
가엾다며 눈을 가늘게 뜨고 바라보는 동안, 누구보다
아름다울 수 있을 것만 같았다.

당신을 사랑한다. 아이로 돌아가면 돌아갈수록
분명히 그렇게 말할 수 있다. 아무도 나를 미워하지
않는다고 믿었던 시절, 사랑은 으레 주기 위한
것이었습니다.

피부가 어떤 기분보다도 진짜 나라는 걸 알기에,
긴소매 옷을 입었다. 환영처럼 사라지는 방법으로만,
너를 사랑할 수 있다. 정성 어린 친절 같은 거,
세상에서 제일, 기분 나쁘다고 생각하지 않나요.

일상 어딘가에 좋아하는 순간이 있다면,

그것이 너의 진정한 유언이다.

가족이나 연인이나 친구라는 존재도 훌륭하지만,

그건 제쳐두고, 네가 소중히 여기는 샴푸통이나,

창문 너머로 보이는 큰 은행나무가,

죽은 너의 영혼을 감싸고,

그렇게 조개처럼 딱딱하게 닫힌다.

영원이 시작된다.

네가 눈을 깜박이듯, 매일 한순간 사랑했던 것들과
함께.

진주의 시

프리즘

한없이 파란불인 채 걸을 수 없는 건, 호흡의
리듬이 어긋나 있기 때문이다. 태어날 때는
순산이었는데, 지금은 자주 멈춰 선다. 플라스틱에
익숙해지긴 했어도, 그걸 먹는 데는 아직 저항이
있네요. 머리카락도 마찬가지로 먹기가 꺼려집니다.
몸에 난 여러 개의 창문에서 수많은 마음이
뛰어내리고 있다. 당신이 당신에게서 도망친다
해도, 당신은 건강하게 살 수 있다. 그저 여자아이가
아니게 될 뿐이다, 당신은 당신의 이름만 있으면
건강하게 살 수 있다.

　　　　　　　　　　　　　　　　　갓 삶은
브로콜리는 어째서 이토록 맛있는 색깔을 띨까,
아름다운 핑크색이 어떤 것이었는지는 이제 알 수
없지만.

원 신One Scene

사진을 찍으면 이 방에 울려 퍼지는 음악도,
사라져버리겠죠.
기억은 모호하고, 내겐 절대음감도 없기에,
무엇을 듣든 아무것도 남지 않는다.
같은 공기를 마시고 있다는 것, 좋아한다는 말,
다 마찬가지다.
전부, 없었던 것인지도 몰라,
그런 가능성이 귓등으로 흐른다.

좋아한다는 말이 필요 없는 방도 있다.
예를 들어, 네가 살고 있는 방. 나의 눈동자.

서투른 사람은,
자신의 조각을 남기며 걷는다.
조만간, 텅 비어버릴지도 모른다고,

살아갈 때마다 몸이 가벼워진다고, 무게를
잊어간다고 너는 말한다.

기억하고 있어, 라고 말하는 일이, 그래서,

모든 것이라는 기분이 들었다.

나의 눈동자에 박힌, 너의 조각을, 나는 기억해.

하이 스피드

불확실한 것은 언제나 손끝에서 노를 젓는다.
이대로 어디든 갈 수 있다는 기분이 조금이라도
든다면 그냥 이대로 있자고 생각하는, 지옥행. 도쿄에
대해서는 아무것도 모른다. 주거 공간 대부분이
투명한 공기로 꽉 차서, 무슨 생각을 할 때마다 그건
착각이다, 내 희망일 뿐이야. 당신은, 어떻게, 내일을
찾아냈습니까? 정말로 24시간만 기다리면,
올 거라고 생각합니까? 정말로?

단념하고 여기까지 왔다. 어제를 버리고,
홀가분하게 살아온 내가 죽음을 논한다면
경박할까요. 빨간 실이 있다면 우선은 가족과
대출금과 죽음의 신으로 이어져 있겠지. 앞으로
나아가는 것만으로도 체력이 필요해. 이정표는 필요
없다. 그날, 나는 너를 찾아냈다. 가볍지 않으면 닿을

수 없는 언어나 감정에, 무슨 가치가 있을까. 너는
멀고, 그래도 살아서, 달리는 몸을 가질 뿐이다.

살기 위해 죽음이 일시정지 점멸을 한다.

감정이란 무엇인가. 매미의 구조는 종이접기를
닮았다.

머그잔에서 뜨거운 수증기가 솟는다.

이것이 영혼처럼 확실한 것이라면,

천장도 대기권도 뚫고,

진정한 의미의 고독을 우리에게 보여줘.

사랑한다는 말이 빛나는 때는,

애초에 행복했던 순간뿐이야.

스타벅스의 시

아름답게 빛나는 몸이, 또다시 눈을 떠 내가 된다.

낮 동안 입속에 깊은 밤이 번져서, 달콤한 기분이
들었다.

몸의 구조는 너무나 복잡하고, 내장은 눈이 부셔서,

산다는 것이 별하늘을 흉내 내는 것만 같았다.

네가 날 싫어한다 해도, 그 기분은 항상 계절에 안
어울려.

겨울이다. 머리칼 끝에 강이 휘감겨, 바다로
이어진다는 걸 알고 있니?

외로움에도 체온이 있다,

내 곁에는 언제나, 바다와 구름이 떠 있다.

12세의 시

방을 사다

모르는 사람이 몇십 년이나 살던, 방을 사고 싶다.
지구를 닮아서.

생활이나 인생에 아름답다는 말이 어울릴 리
없다고, 죽을 때까지 중얼거리고 싶다. 갓 태어나
기저귀를 찬 나는, 그저 하루하루가 괴로웠다.

우주의 끝에서 우리 집과 비슷한 조명기구가
자전하고 있다, 빛 주변에는, 먼지 같은 암석이
서로 부딪히며, 차차 커다란 별이 되어갔다. 우주
어딘가에 알몸의 지적 생물이 걸어 다니는 별이
있고, 그들이 보기에는 우리가 부끄러움을 모르는
존재라고 생각하면 안심이 된다. 예쁘다는 이유로
사람을 사랑하는 것이 정상이라고, 어느 별에서는
인정해줄지도 모른다. 못생겼다는 이유로 죽임을
당하는 일도 있으리라. 우주의 끝에서는.

커피를 따르며, 검은 거울을 만들고 있었다.

방을 고르는 입장이 되었으니, 더는 인생에 불평을

늘어놓을 수 없다고 생각한다. 숨과 함께 시침실이,

입과 폐에서 술술 뽑히며 하는 말, 형편없이 살았네.

내일도, 살아갈 수 있을 것 같은 기분이 든다.

굿모닝

　당신은 젊은 사람이 싫다. 그리하여 젊은 사람은
서둘러 늙어간다.

　그러므로 당신도 늙어간다.

　누가 밀어 떨어진다면, 공기저항으로 기분이 아주
좋아질 것만 같은,

　기분 좋게 공백으로 뛰어들 수 있을 것만 같은,

　우주의 절벽 끝에 내처 서 있다.

　영원히 다다를 수 없는 이불로, 뛰어드는 듯한,

　그런 감각이 사후이리라.

　태양이 지구를 비추어, 밤과 아침을 만드는 일이
오만하다고 생각하지 않는가. 아무튼 모든 걸 비추고
싶어서, 또 하나의 태양이 되어, 밤하늘에 오르고
싶다. 멸망하는 생물도 있겠지. 정신 나간 자전도
있겠지. 그래도 나는 아침이 좋아. 미움이 인간의

가장 근원적인 감정이면 어쩌지. 정신 나간 세계를 만드는 건 혐오인가, 증오인가. 파멸하라! 이리저리 총탄이 흩어지는 가운데, 나는 모든 시간을 아침에 두고, 초목을 시들게 하고 바다를 메마르게 하여, 지구가 바싹 말라가는 꿈을 꾸고 있었다. 당신은, 젊은 사람이 싫다.

나는, 당신들이 좋다.

안티-안티 발렌타인

초콜릿이 파열하여 이 세계가 태어났다.

나의 피부가 녹아 조금씩 흘러간다

그 애를 좋아해! 라고 생각한 순간 흘러간다

죽음이 찾아온다

아무것도 구원하지 못하는 몸

아무것도 쟁취하지 못하는 몸

그래서 죽음이 찾아온다

러브레터를 쓰고 있다

그 편지를 받은, 너에게도, 죽음이 찾아온다

이 세계는 아름답고 무엇이든 가능할 것만 같다.

빛을 쬐고 있는 것만으로도 무언가로부터 평등하게

취급받은 기분이 들어 마음이 편해진다. 숨 쉬는

것만으로도 실패한 기분이 드는 건 변함이 없지만,

통증과 괴로움에 익숙해지고, 그로테스크한 식사마저

익숙해져서, 나머지는 인생을 즐길 뿐이다. 모기가
좋아질 리는 없겠지만, 녀석들은 단명하니까
용서할래. 사소한 게 뭐 어쨌다는 거지, 생명이
아름답다고 서로 위로하는 것도 정도껏 해, 아름다운
것이나 지저분한 것이나 너희들과는 관계가 없다,
내게는. 사랑하는 것이 있다. 영원도 순간도 아닌
시간 축에서 팔십 년을 산다. 비유를 들 때마다
픽션이 되는 인생을, 모조리 주워 담아, 몸을 위해
산다, 방을 위해 청소한다, 세계를 위해, 널 사랑한다.

흰색

레이스는, 공기에도 조금씩 수놓아 있어서, 빛이
그걸 피해가며 닿았을 때, 아무도 모르게 염증을
일으킨 공기의, 상처를 찾고 있었다. 혼자 있으면,
체온이 불안정해진다는 건 진짜야. 손을 뻗으면 어느
틈엔가, 손끝에서 심장으로 흐르는 온기가 끊기는
기분이 들었다. 그래서 아름다운 것에 손을 뻗는
것이겠지. 내가 조각조각 끊어지는 대신, 풍경이
나에게 섞이어 든다.

미술관에 있습니다.

몸은 거대한 빛이라는 기계의, 작은 부품으로
존재할 뿐, 그것을 움직여, 아름다운 것과 만나게
될 때, 이윽고, 내가 여기 존재하는 이유가 생긴다.
눈동자입니다, 빛입니다, 나는 빛.

영원에 닿다

아기가 많은 백화점에서,
이 애들이 노인이 될 무렵 나는 없을 거라고
생각했다.
굿바이는 불온하니, 너희에게 무슨 말을 하면
좋을까.

피부에 붙은 실오라기가 서로 뒤엉키며, 따뜻한
니트를 만들어간다. 동틀 녘엔 이루고 싶은 일 따위
무엇 하나 없어서, 이대로 사라지는 상상을 한다.
차가워진 벽이나 아스팔트에 아침 햇살이 드리워,
천천히 데워지는 사이, 나는 방으로 도망친 검은
그림자를 생각하고 있었다. 이대로 밤까지 그들이
여기 있다면, 나는 내일까지 더 살 수 있다.

굿바이가 없는 세계를 원한다. 약속을 지키는

사람이, 결코 죽지 않고, 결코 배반하지 않고,
커튼처럼 이 방에 앉아 있는 것을 상상하며,
그것만으로 충분하다고 생각을 고쳐먹는다. 죽을
때는 세계도 끝장이라고 생각할 것이고, 그렇게 몇
송이나 되는 꽃이 닫혀 조용히 시들어간다. 세계가
모조리 내 것이었다 한들 아무도 믿어주지 않겠지만,
나는 모든 것을 꼭 움켜쥐고, 그리고 그대로
사라지리라.

마지막까지 모든 것이 나를 위해 존재했다는
사실을,
세계는, 제대로 믿게 해다오.
무엇이든 영원히 있어야만 해. 창틈에 맺힌
이슬마저도.

실

　붉은 실은, 무언가를 되돌릴 기세로 몸속에서 뻗어
나와, 지상 5센티미터 부근에서 방황하고 있다.
　금의 사랑, 은의 연애,
　사랑은 금색 실, 연애는 은색 실로 이어져 있다.
　둘은 서로 빙빙 얽히며 어딘가로 향한다,
　세계 일주 후에 나의 등으로 이어질 생각이었나,
　금은으로 얽은 색실로, 지구를 축복할 계획이었나.

　붉은 실에는 이름을 쓸 곳이 없다. 다만 몸을
감싸지도 못할, 감당할 수 없는 외로움이
넘쳐흐를 뿐.
　그것을, 귀여워해서는 안 됩니다.
　당신보다 훨씬 오래전부터, 이 대지에 살고 있는
불사신 뱀입니다.

꿈을 폭풍우처럼 흩뿌리며 살아왔다면, 주변은 꽃밭.

꽃을 꺾고, 리본으로 묶어, 선물할 수 있다.

익숙한 꽃에서 행복을 느끼진 못하지만, 저 말고는 다들 즐거울 테죠.

빨갛고 하얀 꽃.

살아 있다는 것이, 더없이 고귀하다는 타인의 말은 믿을 수 없다.

내가 거듭 상처받고 기뻐한 기억이,

누군가를 상처 주고 기쁘게 할 때에 도움이 되리라.

마침 커튼 틈 사이로 쏟아지는 빛이, 내 눈꺼풀 위로 드리운다.

저것 봐, 하고 누가 말을 거는 느낌에 눈을 떴다.

이렇게 다시, 오늘도 아침을 받아들인다.

투명의 시

문학

우리는 생에 짓눌려, 반들반들한 조약돌 시절을
잊을 뻔했습니다. 빗물이 맨살을 타고 흐르면,
아름다움은 한층 더해지기에, 아무도 먹지 않는
돌멩이일지라도, 하늘과 바다가 있으니, 존재의
가치가 생겨난다. 약속도 타인도 필요 없었다. 시간과
공간의 매듭으로 내가 존재한다고 믿어왔기에,
여기 존재하는 것만으로 만남이, 만남의 기쁨이,
가득하다.

당신이 태어난 의미를, 내가 만들 수 있을 리
만무하며, 이미 태어난 사람을 사랑하는 일 따위
불가능하다. 아침이 끝나고, 밤이 시작되는, 이
일련의 사건에 너의 이름을 장식하고 싶다.

10세

　여름방학 겨울방학 봄방학 친구가 사라지고 텅 빈
교실에 나라는 존재만이 아이스크림을 먹고 있다.
멀리서 매미가 운다. 산은 변함없는데, 어제와는 다른
색을 띠고 있다는 느낌이 든다. 빛과 시간은 멈춤이
없기에, 홀로 버려졌다는 감각만이 살아가는 일이란
걸 안다. 비치 샌들과 맨발 사이에 섞여든 모래가,
이 마을에 사는 나를 닮았다고 생각했다. 수학
숙제를 하는 동안, 손바닥에 삐질삐질 땀이 차고,
국어 숙제를 하는 동안, 선풍기 바람이 하염없이 내
머릴 망가뜨렸다. 모기를 싫어하면서 정원에 동물이
없으니 벌레가 좋다는 친구가 바보라는 생각밖에
들지 않는다. 요일이나 달력을 잊어가는 와중에, 희고
가늘게 당겨진 활시위가, 세계와 나 사이에서, 종종히
진동하는 모습을 보고 있었다. 바람에도 흔들렸다,
산빛에도 흔들렸다, 하늘의 색이 바뀌어가는 일,

구름의 모양에도 몸을 떨며, 나는 여기서 아무 데도
가지 못하고, 그렇게 오늘 밤도 푹 잠이 든다.

여름에 쏘아 올린 불꽃 가운데,

몇몇 개가 지금도 하늘에서 터지지 않고 머물러 있으면서,

가끔씩 참았던 화약이 터져, 구름을 망가뜨린다. 눈이 내린다.

어딘가에서 또 교통사고가 일어난다.

거리에서 사람들은 어딘가에서 반드시 죽는다.

"안 되겠어요, 너무 슬픕니다, 손가락이 쏟아질 것만 같아요,

살갗이 1밀리미터도 남김없이 만져달라며 울고 있습니다.

사람이 죽는 일로 서글퍼질 수 있다면,

나는 가능한 한 오래 살면서,

부디 아름다운 것이 태어나지 않도록 하고 싶습니다."

대설경보의 시

빛의 냄새

밤이 지나는 사이, 이 도심의 대기권을, 거대한
나이프가, 양갱 자르듯 자르고 있다. 그 틈새에,
우주에서 쏟아진 투명한 빛이 끼어들어 내일 또,
우리는 거리를 제대로 가늠하지 못한다. 비뚤어져
가는 걸 누구도 알아채지 못하고, 사랑한다는 것만을
믿고 있다.

아침에서는 빛의 냄새가 난다. 기껏 모아둔 것들이,
증발하여 세계의 모든 벽에 찰싹 달라붙어 있다.
산다는 게 모호해도 상관없잖아, 멋대로 아름답게
존재하는 풀과 구름이 있는데, 어째서 산다는 걸
기적이라 부르니.

줄넘기하던 아이가, 갑자기 하늘 높이 사라져
버릴까 봐 지켜보고 있었다. 네가 없어져도

좋아, 아마도, 빛이 거듭된 시간을 삼켜버렸겠지.
익숙해지는 건 괜찮아. 꽃놀이, 수국, 은방울꽃 무리,
더는 이런 경치를 볼 수 없을 거라고 말하듯, 매년
카메라를 드는 사람이, 우주에서 가장 아름다운 봄.

구글 스트리트 뷰

집 안을 구글 스트리트 뷰로 공개하고 나서야,
친구가 생긴 기분이 들었어. 누가 올지 몰라서
케이크를 가득 늘어놓았더니, 무슨 불단 같다고 했다.
전통은 착실히 이어지고, 주택단지에서는, 수많은
생령을 기다리고 있다.

사람이 죽으면 사인이 궁금하다, 이유를 알 순
없지만, 나중에 참회도 하고 싶어진다, 떠난 사람에게
이유를 캐묻고 싶지는 않았다, 하지만 사별은
다른 문제라고 말하는 사람을 부정할 수는 없다.
죽어버리다니, 배신당한 기분이야. 내 방 식물이
죄다 시들어서, 가엾다기보다는 화가 치밀었다. 꽃은
너무 예뻤고, 예뻐서 사 왔다. 어떤 정론을 펴야,
타인에게 상처를 줄지, 자신에게 상처를 줄지, 다
알고 있어. 시들 걸 알면서도 꽃을 샀다. 죽을 걸

알면서도 강아지를 키웠다. 몸을, 논리로 기계화하는
게 즐거울지는 모르겠지만.

　악기를 사는 게 좋겠어, 억지로라도 아름다워지는
방법을 찾는 게 좋겠어, 올바름도 골똘히 파고들면
끝이 없다. 나는, 음악을 시작하자고 생각했다.

소녀 만화는 언제나 칼.

의외로, 너나 나나 상처받는 걸 좋아해.

피부가, 부드러우면 사랑받는다. 감수성이
풍부하네요.

쏟아지는 비가 나이프였다면 정말로 귀여운 것은
누구인지,

금세 알게 되겠지.

이제 절망보다는, 피로를 원해.

아무도 없는 대로를 달려서,

눈동자가 반짝반짝 빛날 듯한, 그런 밤이
어울리는 달.

스니커의 시

BABY TIME

  죽고 나면 이름은 녹아 빛이 될 거야. 그러니
울지 않았으면 좋겠어. 그런 건 의미가 없지
않느냐는 마음도 이해하지만, 빛은 그저 먼 곳으로
달려갈뿐이니.

  공원의 나무들이 얼마나 빨리 자라는지 알지
못한다. 나뭇가지가 무언가에 닿을 듯한 모양으로,
하늘 높이 비쭉 솟아 있다. 무덤이 없는 그들은,
기억하는 것 말고는 헤어지는 방법을 알지 못해서,
그래서 나이테가 있다. 종이가 되는 일, 책이 되는
일을 기뻐하고 있다.

  새로 산 노트에 하루 일을 기록한다. 왼쪽
손목에는 시간이 새겨진다. 잊어버린 것으로도
나의 몸을 만들 수 있다면, 타들어간대도, 아무도

기억하지 않는대도, 살았다, 라고 말할 수 있을 것
같았다. 창밖으로 보이는 꽃 이름을 벌써 한참 전에
잊어버렸다. 그 상실 가운데, 내가 있다.

우주비행사

우주 영상을 보고도 그게 아주 가까운 곳에서
일어난 일이라고 믿지 않기에 너는 언제까지나
자신을 소중히 여기지 않는다. 행성이나 항성도
귀걸이로 걸 수 있을 만큼 가까운 곳에서 폭발하고
식어간다. 부고를 말할 때마다, 자신은 죽지 않을 것
같다는 기분이 든다. 추위보다 확실한 아픔 같은 건
없을 텐데, 금세 괴롭다는 소리를 한다. 너는 아직
신체의 10퍼센트도 안 움직였고, 마음은 2퍼센트
정도다.

블랙홀은 죽어가는데 말이야. 빨려 들어간다면
어딘가로 나올 수 있을 것만 같아서, 주저 없이
나아간다. 어느 길에나 막다른 골목이 있고, 우주의
끝에도 반드시 있다. 꾸벅꾸벅 졸면서, 꿈속에서
모르는 사람과 싸움을 했다. 살아 있으라고 할

때마다, 부드러워진다. 나의 뼈가 부드러워져서,

북적이는 사람들이 껌처럼 나를 씹는다, 어디까지고,

뻗어갈 수 있을 것 같다.

꽃이랄까 바다랄까 하늘이랄까

강아지랄까 고양이랄까 물이랄까

천사랄까 지구랄까, 네가 너무 귀여워.

흐린 날 하늘의 석양은 스모키 핑크로 보인다.

사랑받고 싶다는 욕망에 내몰린 인간이

이러니저러니 해도 가장 아름다운 법,

아침놀보다 어여쁜 저녁놀을, 본 적이 없다.

길게, 이어지는 열차 소리를 들으며,

오늘도 내일도 이렇게 살겠구나 싶었다.

새 우는 소리가, 하늘이 어둑어둑 지는 소리처럼
울려 퍼진다.

나는, 내가 좋은데. 그러면서 커피를 마신다.

생일의 시

부재중

잠옷 소매에서 흘러넘치는 걸, 그저 순수라고, 그저
청순이라고 얼버무리면서도, 아침에 보는 명주 같은
빛을 만들고 있다는 걸 알았다. 내 안에 있던 것이
나를 떠나며, 세계를 조금 눈부시게 하고 사라져간다.
어른들이 결혼식에서 쓰는 베일이 내가 엎지른 것을
꼭 닮아서, 이렇게 무언가를 아름답게 만들기 위해,
앞으로도 상실하자, 닭 우는 소리처럼 텅 비우자,
라고 정했다. 아침은 매일 점점 더 희게 변하고,
다녀오겠다던 아빠도 엄마도 언니도 남동생도,
사라지듯 그 속으로 들어갔다. 패스워드도 없는데
현실로 가버렸어. 그래도 다시 돌아와, 이런 괴로움을
자청한 사람은 누구일까. 소설보다 전화가 더 픽션
같다. 목소리가 들려도, 그 사람은 어디에도 존재하지
않습니다.

어른이 되어, 괴로워지면 이 스쿠버다이빙은
관두고, 수면에 얼굴을 내밀기로 한다. 그때까지
똑똑히 기억하고 있어야 해. 이 새카만 바다의 밑,
내가 처음 태어난 풍경, 어둠과 미지근한 누군가의
체온. 상쾌함과 아침과 행복에 마음을 뺏겨선 안 돼.

레드의 시

어느새 2시가 되었고 비가 내렸다. 먼 나라 선거나
싸움을 접할 때마다 나는 어금니로 나를 부수어,
거의 아무것도 인식할 수 없는 알맹이가 된 채, 세상
속에 쏟아져 내리는 기분이 들었다. 비가 내리는
세계가 있는가 하면, 그렇지 않은 곳도 있다. 그런
사실마저, 머리를 쓰지 않으면 상상할 수 없는 내가,
올바름이라는 것을 알 리 없다.

분노나 미움이 넘치는 사람뿐인데,

그건 그런 감정도 사랑이라 생각하는 탓.

머리끝까지 물에 잠기어 있다, 목소리가 떨리고
있다,

불꽃 하나만큼, 나의 마음이 존재한다.

당신이 손에 넣으려는 것은 모두,

당신의 것이 아니며,

그러니 무얼 하든 빼앗을 수밖에 없겠으나,

그래도, 그 사실을 인정해버리는 우리 생명의 불.

여름은 사람의 죽음이 피부에 와닿는 계절이다,

얇은 옷 때문인지,

오봉 어쩌고 하는 명절 때문인지, 알 수 없지만,

유령이 보인다면 좋을 텐데 하고 배가 고플 때마다
생각한다.

수족관 물고기는 거의 다 죽은 듯했다.

죽은 사람 왼손에도 생명선이 있는데,

눈앞에 보이는 이 풍경이 살아 있는지 어떤지

나는 영원히 모를 것 같다.

모든 동물에게 맛있어 보인다고 말할 수 있는
사람이 되고 싶다.

나를 잊지 말라고 할 때마다, 너는 나를 잊었다.

꼭 돌아올게, 라는 인사만큼 사람을, 유령으로
만드는 것은 없다.

정령마의 시

영화관

영화관에서 볼 수 있는 것은 전부, 네 옆자리에
앉는다. 혼자 온 여자아이를 위해 만든 거라며,
그 여자아이를 위해 꽃이라도 사준다면 너는
세상 제일의 영화감독이 될 수 있다. 꼭 누군가를
행복하게 해주는 사람이 되라고 어린 너에게, 엄마가
빌었으니. 그러니 잠시 스쳐갔지만, 나는 너를 만나
행복했다고 마음먹기로 했다.

사람은 사람을 보지 않는다. 꽃과 꽃병과 사람의
피부를 같은 선상에 놓고 보며, 그래도 죽음은 슬픈
것이라 할 때, 그것은 아주 약간 소원을 닮았다.
불안하기 때문에, 그 사람이 고귀하다는 사실을 죽을
때까지 믿고 싶기 때문에, 세상 모든 사람의 인생이,
영화가 되기를 바란다.

빛의 묶음을 그러모으듯 영화를 보는 사람.

너의 눈동자에서 빛이 흘러 누군가를 비출 때,

그것이야말로 너의 영화였다는 걸, 깨달을 때까지,

살아줘.

꿈의 주인

　목이 긴 기린이 나오는 꿈은, 전신을 휘감기까지
시간이 걸리기에 기린은 잠에서 깨어도 다리가 약간
꿈결 같은 기분. 손바닥에 넘치는 나와는 관계없을
법한 슬픔이, 하늘이 꾸던 꿈이라고 생각한다. 옷을
산다, 식물처럼 빛을 영양분으로 바꿀 수는 없지만,
대신에 꽃을 피울 필요도 없다. 스커트를 산다.

　늘 지나던 빌딩 옥상에 작은 신사가 있는데,
그 사실을 알고부터 비가 사랑스러워 어쩔 줄을
모르겠다. 내가 모르는 풍경을 보고, 거기서 낙하하는
액체는, 밤보다 아침보다 귀중한 것을 데리고 온다.
빛이 반사해, 여기까지가 현실이라는 말을 들어도,
그 너머로 가고 싶어 하는 것이 육체입니다. 너의
이름은 알고 있어, 하지만 네가 나에게 보여줄 건

그런 게 아니겠지. 사이좋게 지내자, 영원히 서로를
이해할 수 없겠지, 너에 대해 알고 싶지도 않아.

자기소개

　이 세계에 생물은 없다. 체온이 오르내리는 건 잴
수 있지만, 여기엔 여자아이도 남자아이도 없다. 별이
부딪히고 깨져, 작은 위성이 되어 내 주위를 돌고
있다. 모든 것이 유리 세공이라고 생각합니다. 모든
것은 위태로워. 모든 것을 존중하며 살고 있습니다.
이 세계에 생물은 없다.

　시작되었다. 총알이, 투명한 유리, 분홍색 유리
붉은색 유리를 관통하여, 하늘색 유리로 향했다.
총알도 유리이므로 차츰 부서져 사라져버렸다.
상실한 기분이 들지만, 파편은 발밑에 흩어져 있다.
누구도 살아 있는 몸이 아니기에 그 위에서 춤을
추어도 상처 입지 않으리. 아침이 오면 그곳은 빛이
난반사하여, 꽃밭이라 불리게 되리라.

나의 몸은 어디에도 없고, 은행 금고에 맡겨둔
것만 같다. 어느 틈엔가 깨어져 산산조각 나버린
것도 같다. 당신이 부르는 이름은 육체의 것, 이
육체는 지층의 것. 지구가, 도는 까닭에 생긴 것.
성별, 헤어스타일, 네일 컬러, 모두 이 땅의 것.
투명의 목소리는, 반드시 빛을 감쌉니다. 육체에
끌려가는 일은 그만두고, 아침이 가기 전에, 눈이
빛에 적응하기 전에, 안녕하세요, 라고 말해주세요.
그대여, 여기는, 훨씬 더 시원한 장소.

이 세상이 이렇게나 형편없다니 놀라워,

라고 생각하며 바닥을 뒹굴면서 천장을 본다.

가만히 있는데도 낙하하는 감각.

바깥은, 비가 내리고 있다.

여전히 레코드로 음악을 듣는다는 이야기에,

끼어든 외부 음성이, 이런 시간을 더없이 소중하게

만들고 있었다.

스쳐간 사람, 내 목소리를 들은 적이 있는 사람,

같은 산소를 공유한 사람,

조금도 청결하지 않은 바다가, 산이, 햇살에

반짝여서,

우리는 덮어놓고 예쁘다고 중얼거린다.

괜찮아, 이 거리가 싫어도 살아갈 수 있어.

언덕길의 시

봄빛은 무슨 색일까,

아마도 투명하지 않을까,

겨울은 아주 조금 잿빛이었다,

눈길 닿는 곳마다 어둑해서, 그땐 깨닫지 못했지만,

요즘 들어 "드디어 투명해졌구나!" 하고 여러 번
생각했다.

숲이나 노란 꽃 같은 걸 보고 있으면,

빛이 닥치는 대로, 내게 닿기 시작할 거라는
예감이 든다.

봄, 어디까지 마셔야 이 계절이 끝날까, 알 수 없다.

지구 대기의 9할은, 너무 투명한, 유리컵.

유리의 시

공룡과 종이

　안 쓰게 된 말을 엮고 엮어서, 우리는 마치 긴 꼬리처럼, 잃어버린 몸을 끌며 살아가고 있다. 물고기가 억지로 뭍에 올라 걷는 듯하다, 상처투성이가 된 상반신을 손끝으로 쿡쿡 찌르는 타인에게, 무슨 말을 해야 할지 모르겠다. 지상에 떨어진 별똥별을 거의 모르고 살아가기에, 언젠가 나는 집으로 돌아가지 못하게 되리라.

　사실은 텔레파시를 쓸 수 있는지 확인하기 위한 실험이었다. 포옹이나 윙크, 입맞춤 같은 신호. 너를 좋아하지만, 너의 육체는 좋아하지 않아. 그렇게 말할 수 있는 영혼이고 싶었다, 태어난 무렵엔.

　종이를 꺼내 봐.
　네가 적은 모든 건, 너보다 빨리 바다로 녹아든다.

살아 있는 것은 모두, 바다에서 태어났대. 여전히,
언어를 찾고 있다. 괜찮아, 파도 소리가 멈추는 일은
없어.

구형의 물체

7월 첫 주는 연중 한가운데이므로, 여러 가지
일들이 시작되고 끝난다. 해수욕장이 열리고,
스키장이 닫힌다. 나의 체온도 조금씩 바뀌어,
모호한 자아의 위치가 한층 더 일그러진다. 창문을
닫았는데도, 볕이 드는 방으로 바람이 인다면 그것이,
다름 아닌 유령이었다.

죽고 싶다는 감정이 어떤 것인지, 외로운 나는
잘 모른다. 전철이나, 카페에서, 내 옆에 뭘 놓고 간
사람들은, 대부분 그 사실을 잊어버린다. 내게 모든
걸 투명하게 만드는 몸이 있다면, 슬픈 사람들은
모두, 나와 친구가 되어도 좋다.

아름답다고 생각한 광경은 모두 색을 띠고 있었다.
이름 없는 사람들이, 존재하지 않는 세상. 하다못해,

녹아들고 싶다. 최악의 일과 너의 모든 상처에 녹아,
내가 살아날 때마다, 모조리 과거로 만들고 싶다.

밤은 세계가 끝나길 기다리는 아이가,

이불 속에서 웅크리고 있기에 시작된다.

내일은 좋은 일이 생길지도 모른다고,

단 한 명이라도, 기대하는 아이가 있기에 아침이 온다,

그저 그뿐인 365일. 아침도 밤도 내게는 상관없다,

어긋난 관절처럼, 하늘 위에서 밤낮이 바뀌어갔다.

세상 모든 시간은 ±여름.

나의 인생은 죽음의 찰나가 되어,

모든 것이 마치 여름 같았다는 착각에 빠지게

하리라.

흘러간 물은 축적된 자갈로 기억될 뿐이고,

마지막으로 본 벚꽃 말고는, 만개한 풍경 따위

잊어버렸다.

고독하겠구나, 라고 네가 말한다면,

나는 정말 고독할지도 모른다.

연말의 시

5년 후, 태양계, 물빛

5년 후 지금, 내가 어디에 있을지 생각해본들 알 수
없고, 어쩌면 이미 죽어버렸을지도 모른다. 갑자기
핀 벚꽃은 기억보다 빨리 진다. 어째서 모든 것은
환영처럼 사라질까. 겁이 난다, 난 그저 누가 뜨개로
뜨고 있는 생명일 뿐이라는 생각에, 과거도 미래도
숨이 막힌다. 내가 끊어지면 비슷한 색 털실을
가져와, 이어가겠지, 나의 죽음과. 그리고 뜨개질을
계속하리라. 무엇을 위해서? 그런 생각, 촌스럽잖아.
생명이란 무얼 위해 존재하느냐. 촌스러워.

어느 세계에서는 나의 윤곽이 올바른 직선일지도
모른다. 꽃잎의 윤곽이 국경처럼 확실히 구분
지어지기도 한다. 연한 색이 서로 섞이며, 하늘을
만드는 것처럼 보이기도 하지만, 선명한 터치로
그려낸 유화인지도 모른다. 나, 살아 있다는 걸

당신에게 증명하고 싶어. 당신의 눈동자에 비칠

때마다, 빛나고 있다. 달의 색은, 태양에 물든 모래의

색. 언제까지나, 여기를 보렴.

흰 꽃

당신의 신체에는 강도가 있다.

수십 년을 살아남은, 호칭으로서 언어가 있고,
지성이 있다. 인격이라는 것이 마치 타고난 것처럼
당신의 나날을 지배하지만, 아무리 간절하게 빌어도
피부에서 꽃은 피지 않는다. 꽃은 꽃의 의지로
핀다. 네가 늘 바라는 것처럼, 너의 뼈를 뼈인 채로,
닫고, 고정했다. 진심으로 빌면 거기서 흰 꽃이
필지도 몰라. 그리고 너의 몸은 대지가 되어 꽃을
지지하리라.

숨을 내뱉을 때마다, 투명한 릴리안 뜨개질이 나의
기관지에 생겼고, 어느 틈엔가 몸 안쪽에 부드러운
소녀가 만들어졌다. 그 아이를 지키기 위해 살아
있는 거라고 믿었다. 그때 나는 나를 잊었는지도
모른다, 기억해냈는지도 모른다. 강하게, 누구라도

상처 입을 그 손톱 끝에, 광활한 들판과 하늘의 돔이 펼쳐졌다. 피었다가 지는 꽃다발을 베는 사람들이 사는 마을, 그 끝에서, 그녀가 자라고 있었다. 흙의 빛, 물의 빛, 빛이 없는 나의 몸.

세포 틈 사이사이로 강이 흘러들어,

혈액인 척하고 있다.

네가 본 바다 중에,

강이 흘러들지 않는 바다는 없었다.

해변에 떨어져 있는 것은 모두, 과거의 잔해이며,

주우러 오는 사람은 없다,

미래는 정말로, 우리들의 것일까.

괜찮아, 너는 아직 아이인걸.

주름투성이 손등에 빗물이 고인다,

태어난 걸 축하해. 구름은 백 년 동안, 너에게

고한다.

조개잡이의 시

무한의 혼령

수국 같은 장미가 눈동자 속에 있다. 아름다운
것들도 빽빽이 모이면 기분이 나쁘다. 인류도 개체가
많다 보니, 인간 세상은 대부분 빽빽이 모여 있어서
기분이 나쁘다.

단 하나가 되고 싶은 까닭에, 단 하나가 되기
위하여, 단 하나만을 사랑한다. 사람은, 크게
다르지도 않은 것을 적당히 골라 사랑한다. 양
갈래로 머리를 땋듯 가계도가 뻗어간다. 태양
빛은 부드럽고 손에 잡히지 않을 만큼 하얀 실로
이루어져서, 네가 손가락을 움직이는 것만으로 모든
것과, 얽혀가는 것이다. 나와 너는 그렇게 태어났다.
몸의 일부에, 여름과 겨울과 봄과 가을의 빛이,
섞이어 든다. 엄마, 아빠, 고마워요.
기뻐요.

아름다운 풍경을 보며 뿜어 나오는
흰 빛을 언어로 변환하다.

꼭 사랑해주길 바란다, 이 별에 태어났다면 나를
사랑해주길 바란다. 산등성을 미끄러지는 태양
빛이 프리즘을 안은 듯했던, 그 광경, 아니 온 세상
아름다운 풍경은, 꼭 사랑해주길 바란다는 나의
목소리 그 자체였다. 버스 차창 밖으로 보이는
작고 예쁘고 귀엽고 멋진, 그 모든 것이 나의
목소리였다. 사랑받고 있다는 기분이 들었다. 살아
있는 한 사랑받고 있다는 기분이 든다, 투명한
공기를 마시는 것만으로도 채워지는 부분이 있어서,
다다미 위에 가만히 앉아 있었다. 이대로 7천 년이
지나기를, 몸속에 공백이 있고, 그것이 천천히
무너져갈 무렵, 살고 있는 집 기둥도 썩고, 무너져,
숨쉬기가 곤란하다, 피부는 마르고, 보푸라기처럼
보슬보슬해져서, 바람을 타고 날아갔다. 이대로
끝나고 말 것이란 사실이 슬퍼서, 천 년 후, 나는

울고 있다. 고독 따위 없었던 이 인생을 부디
끝내지 말아주세요. 먼바다에 저녁놀이 거대한 빛을
드리우고 있다. 그 경치가, 모두 아름답다. 파란
하늘도 좋지만, 이 순간도 못 견디게 좋네요. "반드시
사랑하십시오." 나의 목소리가 울려 퍼진다.

우리는 서로를 이해할 수 없다

사이하테 타히

널 이해해. 그런 말을 쉽게 할 수는 없다.

아무리 오랜 시간 함께 있어도, 사랑을 해도, 널 이해한다고 쉽게 말할 수는 없다. 인간에게 타고난 사랑 같은 건 없다. 그걸 날 때부터 알고 태어나는 사람은 어디에도 없다. 서로 알아가고 싶다는 생각 다음으로 나아가는 그 순간이 애정의, 상냥함의, 배려의, 모든 도달점이었다. 태어난 무렵 준비된 우리의 미래에서는, 서로의 존재 자체를 알지 못하고 살아갈 가능성이 가장 높았다. 그 안에서 만났기에, 발견했기에, 그것만으로도 이미 축하한다고 말하고 싶다. 이해하고 알아가길 바라지만, 뜻내로 되지 않아 눈물을 흘리고 갈라서면서, 자신에게, 혹은 누군가에게 환멸을 느끼는 건 너무나도 외로운 일이다.

　그러면서도.

　누군가에게 이해받지 못해 상처 입는다는 사실도 인정하지 못했다. 지금이니 여기니, 나의 눈동자는 간단히 세계를 도려내지만 그 전모마저 보이지 않았다. 내가 지금 무슨 생각을 하는지, 나는 모른다. 어째서 숲속에 가만히 서 있으면 숨쉬기를 잊을까, 어째서 모네의 그림을 보고 있으면 울고 싶어질까, 어째서 여름날 석양을 본 뒤에는 무언가 잊어버린 것만 같은 기분이 들까. 아무것도 모른 채 살며, 아무것도 모른 채 죽는다. 그래도 나는 나를 "나다"라고 부른다. 이것이 가능하기에 나는 실패를 해도, 누군가를 상처 입혀도, 누군가로부터 상처 입어도, 살아갈 수 있다. 애매한 채로, 나는 나를 믿을 수 있었다, 나의 행복을, 빌 수 있었다.

　상처가 나의 윤곽인지, 세계의 윤곽인지 알지 못한 채, 경계에서 어쩔 줄 모르고 있었다. 누군가가, 널 이해해, 라고 말해줄 때까지, 이대로 형태 없는 고열과 통증

인 채, 어디서부터 손을 대면 좋을지도 알지 못한 채, 그
저 혼자서 메말라간다. 딱지를 만들어간다. 상처를 입으
면 망가지고 엉망이 된다고 믿었지만, 실은 무언가를 만
들고 있는 중인지도 모른다. 바느질한 솔기가 늘어간다.
봉제 인형이 완성된다, 매일.

  당신의 아픔을 이해한다, 라고 말할 수는 없다. 그러나
아무도 이해할 수 없을지라도, 당신의 아픔이 거기에 있
다는 말은 전하고 싶다. 나는 없고, 당신 안에, 당신의 것
이 되어 녹아들어갈 언어를 쓰고 싶다. 내게 있는 것은
그것뿐이다. 당신의 모호함을 꼭 끌어안을, 그런 한순간
이 되고 싶었다.
  이 시집을 만나준 당신에게, 진심으로 감사합니다.

한국어판 인사말

언어를, 언어가 초월하다

시는 언어이면서, 언어가 아닌 형태로 우리 마음 깊숙한 곳에 닿습니다. 말로 표현할 수 있는 감정이나 사고는 아주 조금뿐이고, 대부분은 언어가 되지 못한 채 강물처럼 의식의 밑바닥을 흐르고 있습니다. 그것은 어쩌면 '나'조차 되지 못하고, 어디서 다른 누군가의 강과 이어지는지도 모릅니다. 시의 언어는, 공감과 이해로부터 동떨어져 존재하지만, 그러나 그러하기에, 강물 속으로 흘러들 수 있습니다. 강물에 떨어진 나뭇잎이나 꽃잎으로 강이 흐른다는 걸 알 수 있듯이, 시도 그곳에 다다릅니다.

저는 주어–목적어–동사로 이어지는 일본어 어순을 좋

아하는데, 한국어 역시 어순이 같은 언어이기에 예전부터 무척 흥미를 느꼈습니다. '나는 커피를 마신다' '당신은 고양이를 키운다' '그녀는 너를 사랑한다'. '행동'보다 '대상'을 먼저 서술하는 이 어순은, 신체보다도 세계를, 우선적으로 의식하는 방식처럼 느껴집니다. 이는 제게 매우 자연스러운 일입니다. 저는 제 몸이 보이지 않습니다. 원래 제 행동이 '나'의 축이어야 하는지도 모르겠지만, 저는 오히려 제 시야에 비친 사물 혹은 사람에게서 '나'를 발견합니다. (그 대상에 초점을 맞추고 있는 건 '나' 자신이기에.) 사람은, 각기 다른 인생을 살기에, 서로를 쉽게 이해할 수 있을 리 없지만, 그래도 뒤섞여 살며, 서로가 서로의 시야에 들어온 순간, 인연이 생긴다는 사실이 즐겁습니다. 이 어순은, 그런 모호한 관계와 자아의 모습에 근접해 있다고 생각합니다.

시가 다른 언어로 번역되는 일은, 시인에게 매우 기묘한 경험입니다. 언어로 다룰 수밖에 없는 감정이 다른 언어로 바뀌었을 때, 그때 시는, 바닥에 감춰진 본질의 '시'

를 드러내는지도 모릅니다. 언어이면서, 언어가 아닌 곳에 닿고자 하는 것이, 바로 시이기 때문에. 한국어가 된 저의 시가, 지금 무척이나 사랑스럽습니다.

2020년 여름

사이하테 타히

일상에 스미는 시가 되기를

정수윤

나는 90세의 노시인입니다. 꽃과 구름과 별자리의 눈으로 세상을 봅니다. 시간 축은 이제 척추를 빠져나가, 어제와 미래가 의미를 상실한 지 오래입니다. 나는 점점 작아져 비가 오면 땅속으로 스며들었다가, 때가 되면 하늘로 올라가 구름이 되길 반복합니다. 그때 내린 비가 고여 시집이 됩니다.

나는 35세의 젊은 시인입니다. 인간이 좋습니다. 아니, 너무 싫습니다. 좋았다 싫었다, 멀어졌다 다가갔다, 이 용수철 같은 관계성에 매력을 느낍니다. 우왕좌왕 안절부절 자기감정을 컨트롤할 수 없어 어쩔 줄 모를 때 흘러나

오는 언어로 시를 씁니다. 그 감정을 몽땅 얼음 트레이에 넣었다가 냉동실에서 꺼내면 시집이 됩니다.

일본의 국민 시인 다니카와 슌타로와 최근 떠오르는 시인 사이하테 타히가 나눈 대화록을 읽고, 나는 책 귀퉁이에 이런 낙서를 끼적였다. 두 사람의 특징을 나름대로 이미지화해보았다. 한 사람은 자연 속에서 인간을 발견하고, 한 사람은 인간 속에서 자연을 발견한다는 인상을 받았다. 그게 묘하게 비슷해서 마음에 남았다. 이리로 가나 저리로 가나 인간과 자연은 떨어질 수 없는 사이. 둘 사이에 반세기 가까운 세월이 있지만, 둘 다 스무 살 언저리에 시인으로 데뷔해 세상의 주목을 받았다. 이후 슌타로는 70년, 타히는 10년 넘게, 언어로 숨 쉬고, 언어로 세상을 바라보며, 언어의 표현자로 살고 있다.

그리고 바다 건너 사는 나는, 그들의 시를 손으로 눈으로 밤으로 낮으로 매만지며 한국어로 옮기고 있다. 시라는 예술의 완성에 다가가기 위하여. 하지만 어느 밤, 누군가 내게 전화를 걸어 이렇게 말했다. "너나, 나나, 예술의 완성에 다가가려 할 뿐이지, 완전히 정복할 수는 없어. 예술은 원래 정복될 수 없는 거니까." 그런 말을 들으면 나는 조금 풀이 죽는 기분이 된다. 내가 완벽주의자는 아니지만, 그래도 나는 이 시와 시인을 완벽하게 정복하고 싶은데, 그런 다음 세상에 내놓고 싶은데. 그런 건 애초에, 불가능한 일일까?

언어는 아주 미묘한 부분에서도, 미세하게 분위기와 리듬이 바뀐다. 예를 들어 쉼표 하나를 넣고 빼는 데도 큰 차이가 발생한다. 특히 시의 경우, 텍스트가 짧아서 하나의 낱말, 하나의 문장 기호가 큰 무게를 갖는다. 하지만 나라별 차이는 있다. 띄어쓰기가 있는 우리말은 그다지 많은 쉼표를 쓰지 않지만, 띄어쓰기 없이 한자 히라가나 조합으로 문장의 리듬을 만드는 일본말은 쉼표가 많다. 작가별 특징이나 그 나라의 분위기를 어디까지 살릴 것인지, 우리글로 자연스럽게 쉼표가 들어가는 구간을 어디로 잡을 것인지, 그런 걸 감각으로 느낌으로 조정한다. 일본어권 역자끼리는 쉼표를 넣고 빼다 하루가 다 간다는 우스갯소리를 하기도 한다.

또 하나, 일본어에서는 한 문단에 반말과 존댓말을 섞어 쓰는 경우가 종종 있다. 우리말에서는 드문 일이라 소설이나 산문에서는 한쪽으로 통일한다. 상대방이 커졌다 작아졌다 아이가 됐다 어른이 됐다 하는 혼란을 없애기 위해서다. 그런데 시는 조금 다른 문제였다. 타히의 시집에도 그런 구절이 꽤 있다. 가령 「스쿨 존」이라는 시에서.

길모퉁이에서, 이제 영원히 못 만날 거라며 너와,
악수를 나눈다. 외로운 사람은 자신의 먼 미래를
지나치게 믿습니다. 나는 너를 잊어 가는데, 너는,
언제까지 너로 있을 생각이니.

나눈다. 믿습니다. 생각이니. 한 문단에서 종결어미가 원형이 되었다가, 존댓말이 되었다가, 반말이 된다. 이런 것, 이런 변화, 이런 통일성 없음. 나는 재미있는데 독

자도 재미있을까? 세상에 이런 비문이 어디 있냐며 책을 던져버리지는 않을까. 한국말은 일본말에 비해 어미의 장벽이 높은가? 일관되지 않은 어투에 거부감이 강한가? 최종 번역 단계에서 나는, 역시 저자에게 직접 물어봐야겠다는 생각에 혼재된 어미를 쓴 이유를 물었고, 이런 답변이 돌아왔다.

"그건 전적으로 리듬감을 위해서입니다. 갑자기 전혀 다른 형질의 어미가 나타났을 때, 독자는 강한 인상을 받게 됩니다. 저는 시를 읽는 사람의 스피드를 제어하기 위한 목적으로 반말과 존댓말을 혼재시킬 뿐, 본래 그 말이 가지고 있는 '존경의 의미'는 별로 없습니다. 음악의 일부와 같다고 보시면 됩니다. 읽는 사람이 일상의 연장에서 시집을 손에 들고, 일상의 일부로 시를 읽어주는 게 가장 바람직하다고 생각합니다. 그러니 자연스러운 한국어의 형태로 번역해주시면 좋겠습니다."

아름다운 대답이라고 생각했다. 그래, 종결어미를 하

나로 통일하자. 그리 다짐하며 번역 시로 돌아갔는데
……. 막상 '나눈다. 믿는다. 생각인가.'로 바꾼 순간, 리
듬이고 운율감이고 다 사라지고, 단어가 벽돌처럼 딱딱
해지고 말았다. 오호, 한글은 내가 생각했던 것보다 훨씬
더 자유로운 언어로구나. 다시 조용히, 원래대로 어미를
조정하며, 휴우, 가슴을 쓸어내리는, 이런 집요한 고민의
밤이 있었다는 것을 알면 여러분은 더욱 즐겁게 시를 읽
을 수 있을까? 음악처럼, 향초처럼, 마음에 드는 원피스
처럼, 여러분의 일상에 시가 함께 할 수 있을까. 그랬다
면 좋겠는데.

　시가 사람들의 일상으로 스며들기를 바라는 타히는,
그래서인지 종종 SNS에 시를 발표한다. 맨 처음 블로그
에 글을 쓰며 세상에 시를 발신한 그녀답다. 주로 트위
터에 그날의 새로운 시를 업로드 하는데, 그 순간 5만 명
의 팔로워들의 일상에 무상으로 한 편의 시가 날아든다.
하루는 그녀의 시를 읽다가 나는 생각했다. 이건 실시간
으로 번역해 나의 트위터에 올린다면 한국의 독자들도

읽을 수 있을 텐데……. 그런 메시지를 타히에게 전했을 때, 그녀는 보지 않아도 활짝 웃고 있는 것처럼 이렇게 말했다. "멋져요! 제 시가 하루 만에 바다를 건널 수 있다니! 꼭 해주세요. 고맙습니다."

　지금도 즐겁게, 모두의 일상에 시를 공급하고, 시를 번역하고, 쓰고 달고 맛있는 언어를 나누어 먹는 일. 그것으로 우리 마음의 빈터가 조금은 덜 쓸쓸해지리라고, 나는 믿는다. 방학이 되어 텅 빈 교실처럼 허전해진 그곳에, 작고 어린 새 한 마리 데려오는 기분으로, 당신은 서점에서 이 한 권의 시집을 손에 들었을까. 조용히 이 책을 집어 들고, 자기만의 외딴 방으로 돌아가는 당신에게. 우리의 소소하고 집요한 언어의 투쟁이, 마음속 횃불을 태우기 위한 장작이 되기를. 어쩌면 염증으로 벌어져 손상되어가고 있을지도 모를 일상에, 한 뼘만큼의 사랑의 솔기가 되기를. 그리고 어느 계절이 좋은 밤에, 현실이든 꿈이든 그 어떤 곳에서, 시의 낭독으로 한자리에서 만날 수 있기를. 나는 바란다.